银杏树下

诗歌集 / 萧纬 著

序 言

说象征意义，它聚集了，

阴与阳，生与死，

春与秋，坚与韧，

在这样许多许久的轮回之后，

千年就开花

……

三十多年后，在一个端午时节，读同学萧纬的《银杏树下》这本现代短诗稿，我马上感受到的，是贯穿其中的生命状态，在她笔下所流溢出来的，是"人间的温情"，是"生命的足迹"，是"音乐的清流"，是"影子的风景"。可以说，这位诗人的血液里、灵魂中，总是拥有一个永不放弃的选择，打一场心灵的硬仗，并做一个知行合一的现代状态诗人。

反复读着的我，随着诗人的笔锋流转，徜徉在"春有百花秋有月，夏有凉风冬有雪，若无闲事挂心头，便是人间好时节"的岁月长廊，仿佛昨日同窗，今日与诗人偶遇，那种阅读的愉快，山高水长。

流年似水，似水流年。在山边，也许懂得山的性格；在水边，也许懂得水的灵性；在海边，也许懂得海的滋味。读萧纬的诗，人如其诗，诗如其人。其"风格"，其实就是她诗中的那种"自然"或者"纯真"，与人生的"际遇"或者"伴随"。隐居于诗中的，是天地内的从容，是山水间的闲适，是为美而行的优雅，是为活而歌的知足。由此可见，一个生命的成长原本就是承受风雨，像鲜花遇时而开放，像四季一年终了自更新。特别是精神上存有富贵，才不屑黄金与名位。对生活始终保持着热度与温度，并伴随着诗人创作的全过程。这一点，是最难能可贵的。一人一样子，一诗一生命。诗人收录的这130余首现代短诗，可读，可看，可聆听，可寄托，无论是什么年龄段的读者，如有机会读到这样的诗，往往都会触发无数灵感，一切江山皆可诗。

就这本现代短诗集而言，代入感很强的是因为作者追求的是年轻的事业，《如果重回初步》《悲喜同源》《心绿》《逐》《更换》《思想》和《再青春》等作品，尽管它们反映的是极其不同的生活现象，但都渗透着"永远年轻"的社会情绪，洋溢着诗人的不懈追求，散发着强烈的时代气息。可以这么说，起于年轻，又终于年轻，正如古人云："在心为志，发言为诗。"无疑，《银杏树下》是近年来涌现的现代短诗中，一本相当出色的作品。我认为，诗人在历经春风夏雨秋霜冬雪后，重新捡拾生活中的颠沛流离，悲欢离合，没有比诗更合适的了。诗人一路走来，逢迎顺境逆境，在诗人心里，是青春，是热血，是爱憎，是怀抱，而洒在路上的，则是《路灯》，是《风语》，是《听涛》，是《孤独》，是《遗忘》，是《根》……

在《银杏树下》，不仅能看到诗人行走的风景，以及比风景更美丽的年轻身影，且又能看到经过一次又一次长旅后回家的孩子，打开背囊，倒出起兴时的采集，以及旅途中的挫折与艰辛。无论那是他人眼里的怎样之物，这带着诗人自己手上的温度与身心热度的所有，将是心底之最。《秋风中的一朵晚玉兰》《终点》《水漂》《风情街小楼》《阿卡贝拉》等这些诗作，在我看来，诗人一举手，一投足，都代表着她心中的所思所想，"心动于内，则形变于外"。人对世界上的一切，会有自己不同的感知和想法；而地球上的一切，会给人带来不同的启示和领悟。观花观果，观人观事，哲学家、科学家、作家都会有不同的收获和联想。学问之道如此，创作之道也是如此。有人说，在这个世上只有两种人最幸福，一种是真知灼见，一种是不知不觉。因为，他们的心念往往可以接近单一不变，而不凡的人却无法做到这一点。萧纬这些年的努力，无疑正朝着这个方向。

正是在这个意义上，这本《银杏树下》现代短诗并不短，这是诗人的又一次人生修行。人生是一所没有毕业生的大学，不去努力你永远不知道自己有多么出色。有人说，看透一切的，还是佛家。我说，看透人生的恐怕是读书人。"少年读书，如隙中窥月；中年读书，如庭中望月；老年读书，如台上玩月"。而今天的萧纬，是在《银杏树下》望着最美的月亮，那皎洁那清宁，在眼里，在诗中。好诗是永生的，不会过期，不会陈旧。人的修行，贵在"三识"，一是显在识，即活到老、学到老，充实大脑；二是潜在识，即丹田识，是生命的中心，是细胞的内核；三是赏识，则在心。修行，其实就是赏识并照明了潜在识和显在识，使之皆成美好的、光明的、正能量的当前境遇。

说生命，其实是生的意义，而诗则是最好的延续生命的修行方式。如果说，人生就是一连串的修行。那么，我坚信，只要信念在，天地在，写诗永远在状态。

说到写序，说实在的，真为我的老同学萧纬高兴，在当下出了这样的诗集。

陈万仕

2021 年 6 月 26 日

青海之行 草原之花 1975年8月

目 录

序 言 / 001

一辑　**银杏树下**

银杏树下 / 004

借 / 006

春中 / 007

遗忘 / 008

孤独 / 009

那时 / 010

失去 / 011

守候 / 012

远去 / 013

我想……/ 014

无计 / 015

哨音 / 016

花期与别 / 017

期 / 018

失眠 / 019

雨停了 / 020

梦 / 021

等待 / 022

枫下 / 023

风景里的风景 / 024

暖歌 / 025

一个决意 / 026

释放 / 027

沙尘暴 / 028

星的心思 / 029

风正告诉我 / 030

坚持 / 031

浪费 / 032

秋风中的一朵晚玉兰 / 033

关于尾声 / 034

二辑 **再青春**

再青春 / 039

贝壳 / 040

希望 / 041

变幻 / 042

如果重回初步 / 043

独白 / 044

四月阳台 / 045

戏剧·角色 / 046

水漂 / 047

心绿 / 048

逐 / 049

门 / 050

终点 / 051

秋声 / 052

绝不痴呆 / 053

旅行 / 054

丢失 / 055

还是 / 056

悲喜同源 / 057

散沙 / 058

谷雨 / 060

再度花开 / 061

醉 / 062

诗 / 063

三辑 **夏季的雨**

不只为花开 / 067

立夏 / 068

夏季的雨 / 069

落叶 / 070

家乡在哪里 / 071

古乐器展观感 / 072

杜鹃 / 074

雨碎江南 / 076

思绪 / 077

黑白 / 078

开关 / 079

影子 / 080

仲夏小夜曲 / 082

贪杯 / 083

隔心木 / 084

雨声 / 086

瓷制 / 088

老信箱 / 090

风呵 / 092

值更 / 094

南北思差 / 095

茶中 / 096

标准音 / 098

书签 / 099

等待 / 100

北纬 18 度 / 101

手机（外一首）/ 102

寒雪 / 104

小满 / 105

四辑 **记忆深处**

记忆深处 / 109

百日寄怀 / 110

我的致辞 / 116

琵琶大师刘德海 / 118

秋赋 / 120

冷秋 / 121

更换 / 122

潇洒 / 123

阿卡贝拉 / 124

在那遥远的地方 / 126

记得 / 129

小村号声 / 130

钟爱 / 132

呵，妈妈 / 134

雾凇 / 137

我是祖国一个兵 / 138

真 / 141

选择 / 142

五辑 **季节里的风**

墙 / 147

石头 记忆 / 148

风后 / 149

流星 / 150

忘却 / 151

滑梯 / 152

从没错过 / 153

日记 / 154

楼窗 / 155

根 / 156

楼梯 / 157

风情街小楼 / 158

书柜前 / 160

风语 / 162

思想 / 163

本真 / 164

路灯 / 165

我不会 / 166

雨后 / 167

听涛 / 168

岁月计时 / 170

冬至 / 171

风来了 / 172

照常 / 173

波澜不惊 / 174

醒我 / 176

等待 / 178

有否 / 179

山 / 180

蝉言 / 181

季节里的风……/ 182

后　记 / 183

银杏树下

一辑

银杏树下

银杏树下

说象征意义，它聚集了，
阴与阳，生与死，
春与秋，坚与韧。
在这许多许久的轮回之后，
千年就开花。

可还有一个对与错，这个
我不舍得相信的说法，你信吗？

庭前这棵春了又秋，
秋了再春的银杏，集结我
十年的期冀，十年的寻觅，
十年遐想无涯，
我似乎快读懂它。

春的催生，秋的肃杀，
绿与黄做了生死交替的底色。
之间的演变，
是寂静的禅语，是曼妙的诗画，
是忠贞的酝酿，是爱深沉的表达。

虽终成一地飘零，并以通透的明黄
凄美地向冬扬扬洒洒……
然而，然而这不是衰微，
不是委身，不是悲弃，
是叶子真诚地向这个世界宣读信念，
是合二为一的两心，
共承不离不弃的代价。

我读不懂了，
在我倚立与转身的一次次，
那沉甸甸的对错思绪，
在绿黄间铸就了沉铐重枷。
可我还是要相信。

只是执拗后，
生出了一丝悲凉。
有了这对错认定，
千年期满，那绿黄合情的枝叶间，
可真会开花？

京
2021-6-7

借

只能用留在三月的诗行
找回朦胧的遥想
仍用那支少年的笔
催生那个秘密重新生长

月光如水
洗不去陈垢迷茫
静夜如画
走不进失色梦乡

早已久远的春春岁岁
遗忘了留在温情中的那段悠扬
我只能借一下懵懂的句子
用原韵　再湿一回干枯的心房

2021-3-11

春中

如果　今天是个一定要有花的日子
请不要带花来
梦里花开
已满了我的花瓶

如果　今天是个一定要有梦的日子
请不要问我梦
空寂暖宵
已挤满你的音容

如果　今天是个一定要恭贺的日子
请不要苦索祝语
佐以花梦
我已候你在春中

2021-2-14

遗忘

花开的瞬间突然明白
早春二月撕开凛冽拉出的
那份温暖
只是美丽的前言
之后　一场
缤纷璀璨的展览
推演一浪高过一浪的精选
最后做出一册香艳的记忆完整版

可有谁还会
筛出那带着冰屑的起始句
再一次品味
凄美的从前

2021-2-22

孤独

如果　春里没有那朵花开
就不曾有秋稔的期待
只是　只是呵
深深怀念那粒饱情的种子
那曾经　和
那抔土壤的情怀

如果　冬里没有那夜的徘徊
也不曾领略风暴的惊骇
只是　只是呵
匆匆时光做了强悍的铁骑
承载孤独　驰骋在一个
思域塞外

2021-2-21

那时

那时　依然清冷
初蕾醒在一片朦胧中
迟迟的花期
为这一春留下憧憬

谁是谁的花儿呵
又香了谁的平韵仄声
写了又写的难以写明
读了又读的仍未读懂

只因那一春
融化了你的笔
于是　我拾起诗
你　失了梦

2021-3-25

失去

很多人说
失去的时候心最痛
可我恰不相同
只有拾回记忆
痛不欲生
那些与浮云飞去的春秋
如同一场纷呈的好梦
美在不醒

如若一定要再与清晨的你相遇
请让我忘却今生

2021-4-21

守候

为什么不把这场哄骗延迟到尽头
让我一品到底　善罢甘休
每每看到太阳躲进云层
却不为再次辉煌担忧
只因阳光以亿万年设计
那暖　　以恒以久

我借这热源哲理
在山下　举目仰视
那日暖流
时隐　时现
时泻　时收

我把焦虑与期待
做了等值递进　直至
夜幕降临　我才信
终是冰冷的寂暗　做了
守候

2021-5-5

远去

就这样了别吧
当没有风的忠告时
这样的港口
不容易悲离

我知道　一场暴雨
已启程躁动茫绪
那狂烈的席卷　瞬间将溃那
一筑再筑的大堤

可我却无法留下醒来的帆
只因　有与你一样的
向远方的
寻觅

2021-5-23

我想……

我想我还是去爱了。
昨日的誓词并未冷却，
铁齿钢口咀嚼过，
可吞咽后却变成柔软的泪花。
我不再祈祷，
是祈求。
祈求别再给我，
爱的腌渍和风干。

2021-5-29

无计

永远打不湿太阳的雨滴
可以让熊熊心火熄燃
永远引不爆云朵的灼阳
可以把漂泊的思念骤点
你把那雨滴和灼阳
都交给我
我无处丢弃

2021-8-19

哨音

我把思念削薄再削薄，
做了嘹亮的哨。
当那响音穿透整个夏天，
也没收到稔熟的回应。
或许，
一切需要回到陌生。

2021-5-31

花期与别

春夏里纵情后
那丛蔷薇
依然开着
开着
在深秋挣扎

依然含情脉脉
依然清丽幽婉
依然　馨香不断
只是呵　只是悄然而入的
花期与别　已开始在今天

我不能提示
你曾惜花的那眼神
已变得疲惫
疲惫的审美　已不愿
不愿再懂　花的纯粹

2020-10-10

期

我用太阳的光芒丈量大地
去寻觅多情的土壤
以暖雨鼓胀的种子
去深植希望
当我的春天用尽时
那希望正成长

2021-9-2

失眠

枕，拉长了夜，
垫着寂暗，
默读
梦丢失的语言。

你撒下冰冷的拷问，
我痴愚地一一作答。
沉甸甸的昨日，
与分秒纠缠在
冗长的滴答间。

直至东方，
伸出一根白指，
挑开夜的伪装，
读出了
真相大白的句子——
明了眼，
却失了眠。

三亚
2020-12-23

雨停了

雨停了
雨终于停了

淅淅
沥沥

一点　又
一滴

抬手抹去
敲打过额头的痕迹

可昨天渗透的那片
仍积郁在心的一隅　但

雨终于停了
雨停了

三亚
2020-12-26

梦

梦
夜的考卷
昼已完备了答案
只是利用我誊写一遍

千万年对错
化一缕青烟
爱的理由就是因为没有理由
不爱的理由就是用理由找到理由

天亮了　我交白卷
我没有任何理由地入了昨日子时
梦不再给我机会　哪怕去做
落荒的答辩

三亚
2020-12-27

等待

昨天是春　花正开
明天是秋　果可摘
我只在那一天
只在你的季节等待……

2021-8-16

枫下

无法阻止这风，
摇曳那本已安宁的思绪。
这样悄然的一个早上，
殷红作了导线，
触碰那团已化为灰烬的
往昔，和那
依情欲燃的记忆。

谁没有过炙热的呼吸
于躁动期。那曾经鼓荡的心底，
煮沸过彼此的青春，又
烙干成一个印迹。
哦，枫伞下，
我从瑟瑟的作响中，
读出你当年的唇语。

温哥华
2019-10-14

风景里的风景

夕阳
　　添了一抹红
逆光
　　　留了一道
　　　　　风景里的风景
时间快门
曝光的刹那
一生
　　　一世
　　　　　一缘
定格了
　　　两个身影
　　　　　合成出信念的活化石
　　　　　　生了一道此景此情

风中的景源自千万年
这景中景难道不是吗?

三亚

2021-1-6

暖歌

昨日花开的那一刻，
香馨散落三月的歌，
暖调里的新作，
是苦寒，是温润，
是冷泪融合。
我没记谱，
甚至模糊了抑扬顿挫。
但那蒙蒙暖暖的旋律线，
已在云端备份。
我举眸落目闪读了，
那样清晰　那样深刻，
那样柔软的一段
无迹心波。

那歌，
那三月，
那一刻……

2021-1-26

一个决意

分明听见
春分时节你的轻叹
可又怎不是我的哀怨
僵死的饱情籽粒
丢失了一个
满色春天

烟蒙蒙雨蒙蒙这日
无心垂柳　荡绿彼岸

我决意不再种花　只因为
芬芳装不满那多愿的花园

2020-2-29

释放

你要把我忘记
只有这样
我才能　才能
重新见到我自己
不再茫然地
停留在你那里
回到没有你名字占据时
我的轻盈　　我的恣意
我的无忧无虑

就这样吧
放开手中的犹豫
你的温度依旧淳厚无比
因为　因为我已在那个丽日
把这潮热
和着玫瑰
做了沁心的精油纯剂

2020-6-2

沙尘暴

你呜咽后呼啸着
吞噬了整个夜
把黑暗咀嚼得粉碎
再多的悲情也该倾尽了吧
至此　却仍施以淫威

你已把千年的话带到了
却让一纸判定拒绝了轮回
定名你沙尘暴
且在治理的首位

一袭酝酿在心域的风暴
或朝我袭来
这又该怎样抵御　怎样突围
在我毫无察觉　毫无戒备时
又该　怎样面对

2021-5-9

星的心思

星星的心思不易猜测
像问　风呵你从哪里来
又往哪里去
一样

不过星把答案与寄语都已高悬
任在时间里匆匆来去的你寻访
如果缜密地读懂光明守则
一生安享睡与醒
那么　就要小心地收藏
那束易碎的光

2021-5-19

风正告诉我

我把时间压缩在字里行间
不过一些简单的笔墨
我却无法拿起　无法放落
这沉甸甸的爱的学说

我从不是合格生
以我忧郁的笔
在你冗繁的试卷里
无从选择

我很难做毕业生
以我柔软的笔
在你犀利的试题上
永远答错

我肆业在苍白的月夜
那苍白却真诚
所有的答案都不必再藏匿
风　正告诉我

2021-5-12

坚持

你一定不是花开的最后一朵，
但一定完成了一个见证。
在立冬的幽晨，
墙边那朵不肯枯萎的蔷薇。

你伴着热烈的菊，
在风中仍不肯弯垂。
只是悄悄收敛了馨香，
让这一季，有了凄清的美。

哦，这朵蔷薇，
你独落适时而去的姐妹，
落寞地挣扎，
却以孤傲告世无悔。

立冬
2020-11-7

浪费

有些时间是用来浪费的，
比如，一杯浸酽而泼掉的冷茶。
比如，披星戴月而未能瞩目的日出。
比如，以足够的虔诚埋下揣测的种子。
更如，一场没有预期也没有结局的爱。

浪费着，知道无谓甚至有罪，
可让我节约，却不肯。

或许
以浪费，为矜贵。

2021-5-3

秋风中的一朵晚玉兰

你在应谁的呼唤，
这一夜的风，
打开了你犹豫的期渴，
让颤抖的美丽贴上秋冰冷的额。

又或许你是秋的一封情书，
无论有没有地址投寄，
那急切的一掬粉红，
是初衷也是结果。

宽厚的枝叶依然撑开怀抱，
独藏着童话般的你。
不知该怎样对你说，
这是幸运还是悲哀的杰作。

温哥华
2019-9-9

关于尾声

我想　　我该走了

我知道

那边风正狂　雷正隆

但我无法在你的静夜等待

等待你沉梦方醒

我必须穿越痛楚地带

以我谨慎理出的细节

明智地完成那悲喜的尾声

京

2021-5-30

二辑 再青春

青海之行 草原之花 1975年8月

再青春

再青春，
我愿做一根琴弦，
与滚滚绿潮和弦奏鸣。

再青春，
我愿做一个音符，
与朗烈快板随风舞动。

再青春，
我愿做一组和音，
与幽幽恋曲融情合衷。

再青春
我愿做一段旋律，
与辉煌岁月交响升腾。

我们一起呼喊！
请给再青春一个的回应吧，
期望将永不清零。

飞机上
2013-5-12

贝壳

大海走了，
留下一片静静的……

沉寂的沙滩裸露着金色的伤痕，
痕上托起一个洁白的遗珍。

喧嚣的过去带走了你的心，
你属于那个热烈的世界。

你断然走了，
走向遥远，走向永久……

浪漫的晨曦，
留下一个美丽轻盈纯洁的空虚。

清河

1984-8-2

希望

云近了，淡淡地朦胧了太阳，
像梦，又像失去思索的诗行。

散落的红晕悄悄选择了一方净土，
去播种久浸的希望。

或许那是颗燃烧的种子，
默默在饱情的膏土鼓胀。

蓦然，在没有约定的时节，
破土一束灿烂辉煌。

清河

1986-11-15

变幻

都在说，生活
像变幻无尽的云海，也有
奔涌翻卷的潮起潮落。
这是天与地生出的花，
我相信无论怎样都无法描摹。
只因这瞬息万变，
稍纵即无影无辙。
有谁能唾手捕捉？

我埋下疑惑的眼波，
迷茫思索，这就是生活？
因为，因为我的生活中，
还没有生活。

清河
1977-4-12

如果重回初步

在路的荒端，
夜，给了错觉一个尽头。
你仍会用青春的忠告作出发指南，
无论接续的那一程是怎样远久。

如果遣散那些惋惜懊悔憾叹，
让初步，梨花带雨般再次随春行走，
对这轮回的再踏，
你可有绝不迷失的理由？

我又听到，路那茫处，
黄鹂以老韵叠着新风，
向林间深处，
依旧吐情悠悠……

2021-5-2

独白
——与丁玫

我们都知道,再不肯给我们机会,
去迈羞涩里那道门楣。
那浸满秘密的娇朵,已成永生花,
变为一世的珍贵。

那些只有你懂我懂的笑与泪,
挂在了上弦月,并不与谁。
那只是,只是向一个遥远,
投问幸福的潜规。

我不能因此时的憾叹而穿越,
去那个春天重栽一株玫瑰,
或用千年褶皱了的字符,
找回贵柔的智慧。

至此,让我们饮一杯
岁月酿透的女儿红吧,微醉时
再把那典藏在新月的独白,
重吟一回。

2019-7-9

四月阳台

花用四月的一角，
迷了我的晨，
又香了我的眼，
把一首染透缤纷的诗，
挂在了你的阳台，我的对面。
想与你共嗅，你却
不屑地耻我轻闲。

那些叫不出名字的娇朵，
让我情不自禁地，
赞叹那彩韵的深浅。
明知是你撒下诱惑，
把我套牢在这个春日，
可我还是想触及你的花样，
但那花，却离我很远很远……

2021-4-12

戏剧·角色

落幕后
寂寥淹没了舞台
沉默蔓延……
掌声前已宣布了
最热烈的高潮
剧终人散

剧情
渲染了不久前的时间
融化过的七情六欲
或悲　或喜
或恨　或念
在舞台
做了落点

此时　这荒荡荡
落寞寞的空前所有
依然是剧中的留白
依旧在黑暗中清晰地续演

正如
人生的独幕剧从来都是
自编　自导　自演
但　演给谁看

2020-9-4

水漂

只是一块小小的石子
却如飞翔的翅尖
点着平静的水面
跳跃向前

投去的探问
一个比一个圆
放飞的希冀
一个比一个远
反馈的印记
一个比一个淡
手上的角逐呵
一个比一个难
如此一块顽小的石子
留下的却是
一个
　　一个
　　　　不甘

2020-8-8

心绿

挣脱过一次镣铐，
羔羊的警惕
　　依然不会
　　　　超过草的高度。

一场温暖的突袭，
循环在这片生出诱惑的野上。
春之色怀，
铺满翡翠碧绿，
你不会比羔羊更倾情，
但却比羔羊更迅猛，
更痴迷，更无畏地踏上那个
预设了诱捕的清幽领地。

结果已经不是故事。
只是，这人人都能看清的结局里，
故事却又重新写起……
还是那羔羊，还是那野上，
还是那草，
那绿……

2020-9-10

逐

思绪蜿蜒
盘绕着那个开过花
结过青涩之果的园圃

熟悉的风
依然在潮热的小路追逐
去寻觅那些失踪的脚步

两行初迹
早已被时光雨清痕
只有青春　才能辨识那无辙的刻录

2020-9-20

门

走过很长一段路了，
相遇过许多门。
推拉类、旋转类，
甚至以杆为标类。
高大的如山障，
低小的可洞穿。

随意之门，无匙之门，
谁又没推过。
但没资格遁入的，
却是那空山空门。

如果拜门神，
就拜收留我们，
吃饭睡觉的户门吧，
它把持着里面更多的门呢。

太多太多的门之后，
仍有无数推不完的门，
但我只对一个门念念不忘。
我的那个无比思念的，
遥远的，再也推不开的，
幼儿园大门。

2020-9-25

终点

穷尽目光的抛物线
终极在山外山天外天
那边的那边
……
自一条飘忽的冲刺标记起
世界前沿秒变

正如此刻　所有的欲望
饱情飞跃着终止线

诗人呵　你呵
怎能抬起轻率的手指
在诗行途中
随意敲出句号
去做圆满的终点
？

2020-9-30

秋声

一声声低唤转了调
山野不再回收

一重重热烈入尾声
黄金主音开始移位

我清理好耳线
循着你狂热快板流逝的方向

捡拾一串分解和弦
回听那凝固了的恢宏交响

就算再凉的秋歌
也无法冷却那满怀的激情乐章

一如青春
留给我的寓言那样

2020-10-15

绝不痴呆

拧紧记忆的每一个螺母吧
在你没有失落它们的时候
如同入仓的秋
需把握每一种精美摘收

越过人生个位十位甚至百位的点数
与既往交手
哪怕一些不堪　一些琐碎　一些忧愁
起点到终点都是这一生的珍留

在不短不长
或短或长的人生之舟
拧紧记忆的每一个螺母吧
在你没有失落它们的时候

2020-10-28

旅行

我要去旅行
从北方的凛冽出发
绝不带上疲惫和冰冷
去向南国索一份热情

我要去旅行
已怠倦了潮湿的亚热
想改变挤满酷暑的日程
去寻觅一个绿荫天庭

我要去旅行
不再沿着青春与爱的路线
那留在远方的森林与港口
都已响过震撼的警钟

我要去旅行
终点是哪里无需预订
或许踏上遥途或许城东
脚步只以无悔为征

我要去旅行
满满的行囊塞不进任何礼物
请不要为我送行
我已备好秘制的爽朗与从容

2020-12-5

丢失

还有什么比丢失方向更失意的
迷茫的瞬间　歧途
已在眼前
当犹豫踟蹰时
一切　已回到原点

这不是夜的错
黑暗只迷惑惺忪的眼
我多想知道
明眸那时
怎无睿智的勾选

路也没错
是我脑场的方位图上
本无一条行程直线
所以　丢失的何止一个方向
而是一个　永远无法到达的春天

2021-6-6

还是

还是，
那棵树的……

舒枝时，
与天空的雨嬉戏。

伸根时，
与大地之髓深吻。

让时间把过往刻在心上，
做幸与不幸的写真。

秋，让风扯不完地扯着凋零的叶子，
冬，以雪缠绵作画。

只有春，惦记根本，
在远方赶制着新衣裙。

按一码大一码的尺寸，
但，还是那棵树的……
还是。

2021-1-3

悲喜同源

果是秋
最后一小节
收官的和弦
无论甜　无论酸
在一个饱和的圆满里
了结了初衷与缘终
震撼与缺憾

一条由春
　　经夏
　　　　至秋的
　　　　　　生线
在这里打了结
立体着
　　攀援着
任凭
　　冷与暖
　　　　枯与泽
在青涩向稔熟的蜕变中
或和谐　或扭曲
或恣意　或惨淡
这一切及所有
在果熟蒂落的瞬间
悲喜同源

2019-8-2

散沙

（一）

沙，只能散着，
因为每一粒都不愿改变个性。

（二）

太阳在你看得见的最高值行跌，
你仍会把期望挂在初旭上吗？

（三）

因为日落而抱怨天黑，
那用什么对日出致歉。

（四）

贝睡了很久很久之后，
你吵醒它的梦，
这醒梦，幸与不幸？

（五）

涛唱着永恒的进行曲，
谁能给它转个律？

（六）

海的故事从星月说起，起点是不是
有点高，但海愿意。

（七）

太阳准确地掌握着折返点，
你我呢？

（八）

琴弦给我的那段旋律，比谱子给的
更美妙。琴弦不能给的那段旋律，
心弦给的更绚丽。

三亚
2020-1-5

谷雨

一捧谷雨，
洗清我呆滞的目。
架下，与晨共浴
煦光中流淌的紫瀑布。
这春图夏谱，
我知道，你也在读。

那时，你给了我一条线索，
于是，我有了藤萝样的思路，
密集着把滚滚热爱倾注。
哪怕穷尽所有，
哪怕挥霍无度，
哪怕是最后，是全部。

是呵，
在我青春的膏土脉动中，
曾经，有过这样骄傲的记录。

在谷雨，在雨谷……

谷雨
2021-4-20

再度花开

还是这个一如既往的时节
那花又开

只有开放的花才是花
花只有开放才有美

我不能把所有记忆全部摊现
挑剔过往每一个细节的成败

色泽的深浅　馨香的浓淡
青春信笺错失了记载

当轰轰烈烈璀璨后
我发现了那遗下的青睐

再度花开呵
仍是心底一季一季的期待

2021-5-8

醉

杯中斟满的是酒
乙醇没有给出如痴的理由
杯中斟满的不是酒
却诱我们一醉方休

我只今夜贪杯　可那满斟
让每个人一样品不够
这酒太浓太烈
一生的发酵怎能在此刻化透

可我还是无法停杯
无论杯中是甜是苦是喜是忧
夜已深沉　我们不曾相劝止休
只因　每颗心都在等待弯月圆满的时候

战友久别一聚
2021-6-12

诗

一些永远无法冷却的冲动
让梦也无法安宁
只能让笔流出不会含蓄的字迹
去暴露那些鼓噪

无论如何都要与青春邂逅
这是诗的功能吗
让我忘记今天
忘记时间
忘记夜
也忘
我

2021-5-26

三辑

夏季的雨

青海之行 草原之花 1975年8月

不只为花开

柔润入泥那天
风许了愿
动心与不动心的
都醒在
一怀温暖

潮热的生息
腾起在
为春做好的回归线
绿涯自梦中滚动
瞬间　覆地翻天

这场盛事
花儿
做了桂冠
让这个世界
再次经典

可春说
我来不止为花开

三亚
2021-1-12

立夏

都说
今天开始长大
是因立了夏

繁茂并秀的日子给我的
何止花　我遇见晨风轻抚的
那片赤霞　正阳来了

我鼓动倦怠收起梦的潇洒
仔细地在这一日
伺苗　弄芽

你呢　你的秋田
可有我醒晨的惦念　牵连着
漫长藤蔓下那饱熟的瓜

立夏
2021－5－5

夏季的雨

你悄然从对面飘来，
落在我
准备好的掌心，
打湿那条生就的
　　据说的
　　　　命运线。

晶莹的雨珠，
滴落在线际间，
可示我明天的圆润圆满？
我信了。于是
撑开双掌虔诚地，
等待一个应准。

可闭目默求时，
你却悄无声息，
无踪无迹。
原来，你只是几点
途经的雨滴，来自
过路的云。

2020-9-5

落叶

你不会认识每一片落叶
可每片叶子都想认识你
因为你站在秋的窗口
等待成熟飘零时
把它们变成诗

2021-8-16

家乡在哪里

总羡慕回家乡的游子，
刻意不刻意间，
家乡已成为他们骄傲的名词。
而没有记忆甚至没有资格的我们，
常常把飘逸的云，
当作家乡的诗。

奶奶是有资格的，
爸爸也可以在资格里借到什么。
而我们却只能在履历表上怯懦地
把家乡放在一个陌生地名。
在那个可以挤进我们姓氏，
却无名分的宗族源处。
做一个标签子嗣。

可又能以什么方式，把这些，
告知排在我们后面的那些名字。
他们一定要问，
我们的家乡放在哪里合适。

2021-6-11

古乐器展观感

——彩俑琵琶乐工

（一）

你束发微冠，

立揽琵琶，

正微笑着拨弦。

是谁，摘去你美丽的琴头，

而你，依然五弦不乱，

托琴续奏汉魏律点，

彩音不断……不断……

（二）

被叫做鸣球时，

即如此，琅琅穿耳润心吗？

尧祭周祀时，

即如此，嘹嘹击水鼓浪吗？

灵璧的磬音呵，

金声玉振，

千年不滞

无终无缄。

更崇那单磬双音的神示，

一音在夕阳，

一音在黎明，

点选了沉夜撑开的三度，

叠了和声

重了音缘。

千古风尘，华韵磬起，

延绵，再

延绵……

（国博古乐器展观感）

2020-8-1

杜鹃

红的　白的

白的　红的

红白的

　　白红的

漫山遍野

　　流淌着

　　　这一季的

杜鹃

风里传来

争相的啼血传说

不知是鸟先飞出这

　　美丽的名字

还是花先扬开这

　　典雅的头衔

总之

　你叫杜鹃

幸而

　幸而你

生在野上
牵手风霜雨雪
雷鸣电闪
于是　于是成就了你的不朽
不朽地在大地繁衍
繁衍出如此花冠
呵　杜鹃

如果
如果呵
你被豢养在窗前月下
那抔精致的土里
又会是
何种因果
会有
怎样因缘

2020-8-6

雨碎江南

就这样一点一点打湿我的心际

随你　一步步走进江南雨

再次与清红楚绿同行

听那梳理初春的雨线

去切分柔媚秀丽的晨曦

（听琵琶博士李佳及艺涛演奏新编《雨碎江南》）

2020-8-20

思绪

天空

是一块

放纵无度的屏幕

上演喜剧

用鸟的翅膀

云的恣意

上演悲剧

用雨的哀泣

雷的暴戾

目光累了

不再为谁当观众

子夜　放弃思绪

凭一团寂暗　安生养息

2020-8-2

黑白

一块黑色的云
被诅咒得长泪痛流
却得不到半点同情宽慰
任泪始干

草儿笑了
疯狂地向天空
摇曳叩谢的手臂

一块白色的云
任风舞动逍遥随形
聚焦着无数奇摄巧取
收尽美誉

田野哭了
濒死前频频天求
哀祈救赎的雨滴

2020-8-3

开关

关上门，
挡住了风和
风的世界。
若只为悲凉不再，
门，永远不打开吗？

2021-8-18

影子

永远有距离却无间隙
一步一随
一行一与
沉默　潜伏　伺机

与光芒邀约
与黑暗争抢结局
我永远无法超越你的边际
因为背后　永远拖着现行或隐形的阴郁

嫉妒阳光吻我，
你会冷漠地拖长那阴暗
甚至蔑视我的存在
随意将我倾泻在污浊之地

我却无法抵抗　无法躲避
无法摆脱你的占据
于是　于是我站在了
正午的烈焰下
让那中烧之火燃化黑色魔衣

或让手术灯的冷光
裁去所有标记
就此　形影分离

可我又用什么去灭活　或
消尽那啃噬我心扉的影痕
天地无语
你可知
？

2020-9-21

仲夏小夜曲

西墙外，
柳枝读懂黄昏系在柔梢间的
离情别意。
蜻蜓抖动着焦虑的翅膀，
惹夕霞染透双层薄翼。

f 小调悄然飘落……

东窗下，
蔷薇拖着重影
与蜂商讨明晨的新交易。
馨香插播了间奏，
上弦月笑得更弯曲。

f 小调悄然飘落……

檐无语，
让黑暗拥围着
静观子丑交接的演绎。
我的梦中响起，
这无声变奏的旋律。

f 小调悄然飘落……

2020－9－18

贪杯

我从不饮酒
却贪杯
总想借月下摆了千年的樽
与谁邀唱阕对

此时又满月
终看清　那是贡品
琵琶美酒夜光杯下
太多人沉醉

2021-4-19

隔心木

一个呼吸连接着另一个呼吸，
一个心跳聆听着另一个心跳，
即使禁锢在黑暗中，也不会
因异议或别的什么，而越过
那个脆质的，但又不得不号称的
铁壁铜墙。

打开核桃时，
看到一个离间设计，
竖立起那个决绝的名字——
隔心木。
由此，
间离了成熟的脑际。

谁的创意，
让息息相关的仁心分裂，
让同宗的核心，
相生相离。
天意弄人时，
也没有放过核桃。

即便如此，
饱满仍暗自奋发。
醇厚而特立独行的仁心，
在春与秋成全下，
结成颗颗
千古不衰的珍果。

但终有一日，香芯走了。
余下那单薄的隔心木，
在我失眠时，入了药。
从此，不再隔心，
只会梦长。

2020-9-24

雨声

喜欢急雨的声音，
除了整齐的节奏，
还有起伏不定的变奏。
时而渐进，时而骤急，
时而坦诚，时而散漫。
这表情丰富的空中交响，
在天地间不由自主地献演。
高音，于我至顶无限，
低音，在我莫测之渊。

犹豫的弦，
突然放纵了自己，
突破了节律，
倾斜着泼出全部和声，
淋漓尽致地发挥着，
每个音符的主见。

一种通透，一种豁然，
一种显达，一种直观。

洗涤这个躁动世界的同时，
也清理了那片乌云
抹黑天空的暗算，
以这条声线。

急雨又来了……

这涤荡的声响，
穷尽耳鼓，
让我无以寻觅相同的声源。

2020-9-27

瓷制

走进一个完美质脆的世界，
斑斓纷呈五光十色，惹眼缭乱。
在祖先粗糙的手上，
脱胎出一个音色十足的名字
用到现在，我们的共称
——China。

四千年炉火未熄，
四千年质地不变，
千度之温，烧制出一个
生息领地。
土与火的艺术，
拿捏了这个世界。

曾几何时，
它仅用于生求。
一人　可以让你端起。
一人　可以把它打烂。
它俗，俗俗一只端生碎死的，
饭碗。

曾几何时，

它不堪一谈，更不堪一叹。

倾城的景仰，强盗的垂涎，

故事太多太长，

这个世界　为它疯癫。

场上，突一个脆生生的炸响，

美瓷哭泣，

不知由卖家还是买家负责。

我听得到的不是美哭，而是，

有颗比瓷器还薄脆的心碎散。

"易碎品请轻拿轻放"的标签贴满场间。

难道，心不需要这标签？

（二十三届唐山中国陶瓷博览会一游）

2020-10-7

老信箱

风，揪着它的垂耳，
问一些它早已听不懂的问题，
它老了。

老得再也记不起百年前吞吐的
那些地址，
甚至自己的地址。
一只伤痕累累的黑铁信箱。

天津卫英租界上的尘埃，
锈封了它沉重的胸膛，
于是，与岁月潜在它怀中的秘密，
一起作古。

它与它的主人一样，
曾负责舶来的，
打着英伦重痕的
那段载记。

可它却没获逃脱的机缘，
只能听从季候的宣判。
经历一场场风雨
之后，又如此惹眼地，
依旧挂在朱漆门外，
任各种目光游移。

我想投进点什么，
哪怕今晚流淌在街头的只言片语，
可它却紧缄其口，
拒绝着时尚与流行，
一如既往地，
沉寂着它的沉寂。

哦，一只伤痕累累的黑铁信箱。

2020-10-12

风呵

风　轻轻地
脱去花儿的衣裳
又悄悄给它穿上
花儿不知道
总以为自繁自衍着漂亮

风　慢慢地
浸染花儿的艳泽
一层层滋养它的颜色
花儿不知道
只知道绽蕾鲜活而张扬

风　静静地
翘待花儿生馨香
一缕缕扬洒它的芬芳
花儿不知道
只迷恋嗅香的赞赏

风　冷冷地
剪断花儿的梦
一场场精彩终成花殇
花儿不知道
冷酷是风的另一种能量

我知道
风也流泪
可谁又是它的推手
让世上永远演示
一幕幕惊艳的死亡

2020-10-13

值更

幽夜降下帷幕后就地沉睡
我依然用笔尖试探梦的着陆点
此时风正等待它们交出句子带走
可凌乱的梦碎他们不满意
于是我串起过去现在将来
试着连接即将到来的黎明

夜睡了
我替了更

2020-9-27

南北思差

听到时间脉动时，
忘却了自己的节律。
读秒的原声中，
我祭扫着指针弹出的残屑，
心屏上，默移着慢镜头。

风已把完美的柔软，
带去了南方。
那里会如期开放一场，
馨香的诱秀。

萧萧清场的野上，
泛着北方的独愁。
我不想因敏感而清醒，
任这冷却的一刻，
在眼睑上昭示
寒风遗下的爱恨喜忧。

2020-10-9

茶中

绿　黄　红　黑　白　青

龙井　毛尖　滇红　乌龙　银针　铁观音

壶与盏都备了静时安刻

在等　用沸汤过香茗的那

优雅的人

出自朝夕的明媚

让冷热成为另一种温度

叠着星月的皎影

让清纯揉入独一款香魂

终有秀姑巧落粉指　翻飞雅韵

滑过唇舌时　齿间

筛落了许多痴问

那风尘留下的一袭深刻

是杯装不下的

茶道纵论

我用更精致的替下那

已精致的杯　却仍品不出

圣师说的那茗珍

怎样才能得以那道超然品味

时光　把一份回应悄悄藏入夕阳红晕

2020-10-22

标准音

管弦们都要求双簧管给一个标准
校正一些走了神的音
让它们在指挥棒下统一腔调
免于说出离谱的话

但无论怎样总有卓然不群的
在漂亮的 A 音上游离
之后便隐藏在和声的叠层里
悄悄与标准音做了柔软的叛逆

没有重量称测
不由尺度检验
其实　音是否标准
只能由校音的耳朵说了算

2020-11-2

书签

你总在断与续之间，
在每个打开合上的时刻，
保存眼睛的带走和暂留。

古到今，近到远，
史到哲，诗到言，
悲喜雅俗，痴迷疯癫，
一天千年，千年一天，
徜徉在这个世界的起源与伸展。

如果，你有幸随从嗜阅的主人云游，
无论你精与陋及大小长短。
你躺在人类智慧里，
见证梦想成真的绚烂。
我也热衷这样的恪守，但，
如今呵，更多的际遇，
是沉寂在某月某年轻叹。

哦，一枚书签。

2021-5-11

等待

昨天是春　花正开
明天是秋　果可摘
我只在那一天
只在　你来的季节等待……

2021-8-16

北纬 18 度

如果　北纬 18 度上
没有太阳的微笑
那是多少度

温情不答
阴冷吞咽了问号

请为这湿热寻根
北纬 18 度
以阳光的祖籍钉好了坐标

三亚
2020-12-17

手机（外一首）

（一）

听筒里有很多话，
有些
　　听如没听，
有些
　　没听如听。
期待的铃声
　　总选择沉默。
频频炸响的
　　往往厨余残羹。

不拒绝什么声音，
听与不听都是作答。

但，从不关机。

水杯（二）

使命是盛水，
却渴望空杯。
如果总是满满的，
那是花瓶的日常。

杯的日常是，
把持水来水去之本，
以滴水不漏邀功。

2020-12-22

寒雪

不早不晚落在梦醒时分。
一个皑皑世界，
以素真，
做了这一晨的色本。

我收到 2021 第一个探问，
窗上有了冷艳的停顿。
我突然听懂这悄然花语，
那藏在薄韵中的款款深沉。

哦，这场追着大寒的雪花，
我已为你打开的心窗，
请做我，
向春的索引。

2021-1-20

小满

小得满盈，
野上正喜形于色，
苦菜秀，靡草死。

在这将满未满，将熟未熟之日，
聪明的籽粒以谦和潜生，
得秋便会唱恢宏。

我们却常常抱怨各种长不大，
抑或忧虑怎样成熟，
莫非我们的灌浆期要用一生？

2021-5-21

四辑

记忆深处

青海之行 草原之花 1975年8月

记忆深处

留在记忆深处的，
那个不能触碰的季节……

风里，总有一段忘不去的低语，
从远方携着久别，
一字一句落在褶皱的心底，
与思绪重叠。

雨里，总有几滴抹不干的晶珠，
在心底泛起咸涩，
一朝一夕打湿缠绕的心结，
让慌乱难解。

风里雨里我悄然踏着岁月音阶，
总以小心翼翼躲避，
留在记忆深处的，
那个不能触碰的季节。

2021-3-6

百日寄怀

——纪念琵琶大师刘德海逝世百日

（一）

一百天的时光，

一百条弦。

最纤细的那条，

弹起江南谷雨的前奏，

甘露珠玑悠悠滚落，

蜡梅销魂阳春梦起。

扬手飞花点翠，

暗香袅袅飘来，

收指平沙落雁，

吐情声声回啼。

踏遍瀛洲寻着古调，

拾回的是童心童趣。

圆润清脆空灵隽秀的天籁之音呵，

落在春潮上领奏，

一个骄子把江南抱起来做了琴，

多韵江南多情唱清丽。

醉了廊桥水巷，

醉了短亭长堤，

丝绸之路醒来，

惊叹着胡腔琵琶

怎就生出南国乡情，
唱出报春俏意。

（二）

一百天的时光，
一百条弦。
最沧桑的那条淬火足赤，
金灿灿地咏叹着金戈铁马。
四面楚歌，十面埋伏，
弦上腾起了酣争狂击。
硝烟中惊听
流延百世的楚汉鏖战；
乌江岸再闻
卸甲霸王的决绝剑语。
你用气贯长虹的叹古情怀，
托起了悲怆的再弹谱系。
那弦，承载着千年大潮的翻滚，
铿锵雄浑下依然百折不屈。
从秦俑冷寂悲壮的列阵，
到铁蹄奔涌的昭陵六骏，
那弦弦纵情的宣唱，
回放着沙场浴血的征旅。
那首首炙热的宽韵北调，
是坦坦胸怀之凌霄壮气。

（三）

一百天的时光，

一百条弦。

最严谨的那条含着深邃德音，

在莘莘学子的手上延续。

弹挑轮指推拉吟揉，

张弛收放疏密缓急，

人在琴在，

琴在人在。

寂静中组合着高低音符，

千遍万遍在指间穿梭过往。

巧练中磨碎了长短时光，

在《每日必弹》中精雕出奇。

不逐时风尚波的浪潮，

不屑台上欺名的花雨。

从青丝到银丝，

园圃精果何止桃李！

苦心园丁的喜悦呵，

是捧着颗颗无花果心流甜蜜。

精传琴艺，

随江河湖海向南北东西，

师爱浓情，

如三春落晖寸心怎化去。

（四）

一百天的时光，

一百条弦。

最完美的那条，

在沉寂中修炼，

秦风汉调携着黄钟大吕入来，

浔阳江头流淌着纵情又哀婉的陈叙。

无论是塞上还是后庭的余音，

也无论南北十三套哪版谱记，

文游武搏　生离死别，

方言故事　小折大戏，

巧然在弦上架起一个金三角，

鼎撑起新时代的宫商角徵羽。

人生篇，田园篇，宗教篇；

怀古篇，乡情篇，儿童篇……

哪一篇哪一曲不是一个惊艳，

哪一弹哪一奏不是一手绝技，

上苍用五千年拿捏出一双神手，

演绎着人间大爱的主题。

一座国乐高耸的里程碑，

一册华韵精妙的新乐语，

千古琵琶走上了世纪殿堂，

一代绝弹定名了当代记忆。

刘德海，

这个不朽的名字，

将镌刻在中国琵琶永恒的本纪。

（五）

一百天的时光，

一百条弦。

四月芳菲伴您远去，

殇雨潇潇奏别曲。

这一世这一缘，

岂是一哭的了结。

那一天，

以宏愿做拜祭，

若有来世依然叩您是亲爱的师父，

琵琶情结不尽不散。

一百天的时光，

一百条弦。

此后，此后呵，

无论多少时光，

多少条弦，

无论您在哪里弄琴哪里弹，

我日日聆听时时如面，

随弦随缘到永远。

（纪念中国琵琶大师、演奏家、教育家、作曲家、理论家刘德海先生逝世百日，以笔寄思，沉痛哀悼）

注：飞花点翠、平沙落雁、十面埋伏、霸王卸甲、秦俑、昭陵六骏均为琵琶曲。

南北十三套：琵琶曲集。

人生篇、田园篇、宗教篇、怀古篇、乡情篇、民俗篇：均为刘德海先生创作的琵琶曲组合篇名。

金三角：琵琶艺术思想。

2020-7-20

我的致辞

——写在琵琶大师刘德海先生铜像揭幕日

那里的塑像在揭幕，脚步却拖住了我。
心藏的丰碑太重，太重。

自您别过，走时那匆匆的风，
一直吹得我时时的冷。

也常会幻闻幻聪，让那疾蹄的六骏
踏醒我多少无题的梦。

更有冥思冥想，听见瀛洲古调
又在那江边洒落一层又一层……

去崇明没几个钟，可我宁愿那里
没有塑像雕刻着您的名。

我也不必站在那里，
收紧我的颤抖，致我深深的鞠躬。

我凝视着江南的一隅，此时此刻
那里的分秒把我震动。

我努力分辨断弦前的那些音，在 2020
最后的寒风中，举起我结了冰的泪目。

看您携着心爱的琵琶，
再去心心念念的崇明。

（崇明岛是瀛洲古调发源地，是刘先生认定
的琵琶江南摇篮。在刘德海大师去世的岁末，
谨以此诗深沉纪念）

2020-12-18

琵琶大师刘德海

——逝世一周年祭

我们伫立在去年今天留下的早上，
听西面吹来些音，
倾泻在这块熟透的疆域，
掷地作响。

时间在1937—2020打开过一个魔盒，
那震颤，那律动，
将久久在时光滚动的空间铿锵。
你留下一个坡；无止的境界在攀升，
你留下一句话；音人合一终坦荡。
都在问，什么是你的衷曲，
先生呵，
你弦内弦外的真知与寂寞，
天地已收藏。
只因你用指尖拨动了真善与和美，
这满弦余音，
正导引古老琵琶行去的方向。

我们伫立在去年今天留下的早上，
听西面吹来些音，
倾泻在这块熟透的疆域，
掷地作响！

（写在刘德海先生落葬日，以深深悼念）

2021-4-8

秋赋

这是个允许成熟的季节
何止田野

雏雀的黄丫嘴早已成歌喉
鸣啭着族裔的歌谣
高一声　低一声
柔一声　利一声
明星在登场
无论谁听

我们为什么不
以秋的名义
喊出稔熟的句子
作一场秋赋

2020-9-27

冷秋

午阳在午睡，
枯枝上几片留守的叶子，
已经与风斗不起嘴，
疲惫中颓吊着疲惫。

影子驮着沉重的老墙，
晒着干裂的脊背。
几簇脏色的苔藓，
贴着朽缝欲哭无泪。

依偎南山的菊们悠举金杯，
向千古深处邀醉。
午阳醒来秋霜入围，
携黛色远去，闪动片片余晖。

谁能听懂一阵紧过一阵的风，
读着哪卷繁芜的史说。
谁能看清一日长过一日的夜，
掩过哪些迷踪的碑。

这深沉静穆的冷秋呵，
你何来　何归，
我想问，
又，问谁。

2020-10-19

更换

风　无情地脱去树的年度盛装
纷纷落叶让诗与画开始凄凉
树没有失意或抱怨什么
因为枝上岁岁都从稚嫩开始生长

时光偷换着我们认真的装备
发与齿等等的离别草率而匆忙
它们从没有叶子的梦
我们的凄凉是再无法回到稚嫩的遥想

2020-10-17

潇洒

还是那潇洒了一夏的梧桐
在这涂抹完霜粉的晨
脱下一件件穿旧了的衫扔给秋
任穷风捡拾

我也不富有
争时夺来一件潇洒的遗物
贴在生出思念的此刻
为我刚刚涌来的痛楚与苦忧

完梦的梧桐叶子们乐世于什么
我永远不懂那潇洒的起因与结果

2020-11-4

阿卡贝拉

洪荒　莽野　枯漠那时，
风鼓　泉滴　鸟啾，
共鸣着一些纯粹声色，
这是谁的，哦，
阿卡贝拉。

格列高利圣咏，
从教堂的尖顶升腾。
人们用歌喉与歌喉，叠起
声音的神话，哦，
阿卡贝拉。

史上弄音大师们遗忘了这些，
空灵曼妙委婉生动的
散漫呼应，正在
滋养春冬秋夏，哦，
阿卡贝拉。

草原之喉上的天籁，
生命之绿的音图腾，
与那时那纯粹合了韵，
这润魂的和声，哦，
阿卡贝拉。

我一醉不起，
随这销魂的歌声，
入了梦，哦，
阿卡贝拉。

（阿卡贝拉即无伴奏合唱，
源自中世纪教会音乐）

三亚
2020-12-30

在那遥远的地方

你终于去了那遥远的地方……
卸下人间镣铐深嵌的哀伤，
重游萌爱的丽日，
寻觅玫瑰盛开的早上……

当情窦初开的娇蕊散落一地芬芳，
你却去了大漠。
以十二年孤迹，丈量了西域风尘的
深浅短长。

你饮足腥风苦雨吐哺甜蜜，
浪漫着牵出迷人的达坂城姑娘。
你摘下悄悄爬上来的半个月亮，
去陶醉驿动的整个心房。

你敢用饥饿换歌，
明知饥饿挣扎不过死亡。
你能委身种种铁窗，
只要歌能冲出长夜流浪。

你一生这741首悠歌呵，
是憾还是无憾的定量。
终是你踏着戈壁的飞沙走石，
沿着那高高白杨走上歌者最高殿堂！

你分解了八十三年时光，
装订出一册生命原唱。
你的血液细胞早已分化成音符，
血红血白五百年仍把歌喉滋养。

歌不是人类活着的赖以，
可活着却不能没有歌为灵魂导航。

你明白地走得那样匆忙，
让这块愧疚的土地来不及懊丧。
你清楚地走得那样遥远，
让我的寻觅永远没了地址和方向。

西域的风又如季到来，
每一阵都飘忽着索魂的腔。
你还来采吗？
在这情波荡起涟漪的大漠上。

我不是卓玛，不能给你灵感的花火，
你却擦出我心底爱的闪光。
如果思念是我的基调，
唱你哪首抚慰我，西部歌王。

窗前，夕晖挑帘悄然抖落，
"在那遥远的地方……"

（为纪念西部歌王音乐诗人王洛宾逝世 25
周年，感慨抒怀，寄情于笔，深深悼念）

2021-4-23

记得

不会记得每一滴细雨
不会记得每一寸阳光
不会记得每一袭月色
不会记得每一缕花香
可我记住了那团深厚的温暖
记住了你柔润的滋养
在享秋时
我却想起你
满满慷慨的春的淳良

2021-9-30

小村号声

妈妈挡下的那粒子弹，

就那样随便炸响，

冲撞了一把小号的最强声，

以三个音顶起亢奋的旋律531　555……

永远在大地回荡。

冲锋号不能停！

这啼血呐喊化成号音铿锵。

从此，嘴唇放松，口腔打开……

这吹号秘诀，在妈妈身后

代代传扬。

斗转星移，我又从那小号的回声里，

听到一个复调越现越强，

"山河子孙，安然无恙"，

始吹号手唇上，初谱是这样，

就是这样。

清晨，那号声依然响起……
朝着妈妈倒下的方向。

（看话剧《小村号声》，感悟萧克
将军和他的八路军冀热察挺进军的
当年当时……）

2021-6-18

钟爱

当我不再转动那滑脱的轴，
调弄那失律的弦，
我亦不再心悸，
不再对音的高低挑剔。

可我仍流连那，
堂上殿下及后庭的奇葩。
找寻那根与风月合韵的响弦，
与不息的江边渔火唱晚，
随龟兹浅吟，遥应
枫叶荻花呢喃的夜话。

春夜落来的那捧珠玑，
在玉盘溅起朵朵玲珑花。
我无缘这一刻，
但这一刻却剔透着挑战暗哑。
我以这质地做了心的鉴导，
由此再无法低首世间嘈杂。

痴癫时，夜在问，
晓月已厌倦地昏昏欲睡，
为什么你还要，
一曲一曲地，犹赖琵琶。

2021-5-16

呵，妈妈

妈妈，你也曾是娇蕾，
是鲜妍馨香的花。
可你却急促地走出春天，
让秋，催熟你的美丽，
让美丽，
重新发芽。

自从时光问询你果实那天，
你就疯也似地生长。
雨里雪里，
蓄根　伸枝　生叶　蓬发，
因为你要赶制一个家。

一个家的早上，
是妈妈秘制阳光味道的餐茶
无论怎样的门窗，
都关不住那段快乐无忌的童话。

一个家的午间，
让妈妈用巧手纺成御衣精纱。
无论阴晴寒暑，

都抵得起四时的变化。

一个家的夕晖，
被妈妈调色绘制成多彩图画。
无论挂在哪里，
都闪动着温厚的暖光流霞。

妈妈呵，妈妈，
自从你赶制出一个家，
那树，再也没有开过花。
风蚀雨逐的枝干，
在岁月的剥离中，
早已失去光华。

可是，可是呵，
你依然不肯干枯，
不肯萎缩，不肯倒下。
呵妈妈，
我终于明白，
在我懂没懂得，
失没失去你的人生，
我紧紧依偎的，
是那棵大树，

那片绿荫，那个
永远的家。

呵妈妈，你也曾是娇蕾，
是鲜妍馨香的花。
可你却急促地走出春天，
让秋，催熟你的美丽，
让美丽，
重新发芽。
呵，妈妈呵，妈妈……

——献给母亲节的歌
2021-4-29

雾凇

刚刚结束一场寒流
冷枝即忘记风的狰狞
以最迅速的安宁
成为冷艳艺术的集大成

在阳光逆袭的瞬间
这通透纯然结了晶的画风
多么容易让人想起
你我青春里的那份激情

请为这匆速的雾凇
保留快门吧
花开时请别忘记
枝上还有过那样的曾经

2021-3-10

我是祖国一个兵

大悟，何止鄂北一方土地的名称，
明彻的，还有一个挣扎在饥饿中的孩童。
微弱的喘息中，
他看到杀戮至亲的恶魔无比狰狞。
他夺过屠刀瞪圆复仇的眼睛，
仇恨即刻教会了他刀的功用。
就这样，他顶起一颗红星怒吼：
我是祖国一个兵！

十七岁，鲜活的生命蓬勃生动，
未曾丰满的稚肩却荷起山样的使命。
当右臂高悬重叠党旗"为共产主义奋斗终身"，
这样的誓言，深沉而庄重。
胸口喷射的火焰，
比枪口的火焰更迅猛。
除恶灭霸为民夺生，他高呼再高呼：
我是祖国一个兵！

空山的五月一样葱茏，
号角响彻弥天的烽火阵营，
攻如猛虎，你正率部冲锋！

炙热的青春，浇灌出
鄂豫皖涌血的映山红，
你说，懂得生命珍贵才可不要命！
雄将雄兵踏雄征，你铁骨铮铮领吼：
我是祖国一个兵！

西域的阴沙，西域的恶风，
撕裂着你的伤口深掘你的痛。
战友用鲜血在你怀里浸养了一朵玫瑰，
托付你为新中国栽种。
当生离的热泪滚沸初衷，
死别的诉求却只要一封同路证明。
你们对下一秒的死亡悲壮振臂：
我是祖国一个兵！

五星红旗已成为亿万人同咏的歌，
朝霞中昂唱的新中国更神圣。
那朵玫瑰开了，
你看到了丰碑上那欣慰的笑容，
他们又是哪级将领获何等殊荣，
军人的骄傲岂止是钉在领口的一衔一功。
你沐浴金风忘却功名仍激情致礼：
我是祖国一个兵！

人类无休的欲，无休的恨，无休的痛，

你呵，战争，在一个将军眼中，

生理的头颅可一次砍去，

永生的头颅在正义中永生。

你不再为血肉之躯扼腕哀叹，

生生世世永远护卫生生世世的母亲，

你已用悲壮的历程见证：

我是祖国一个兵！

（纪念我敬佩的无私将军程世才，英灵安在，
永垂不朽）

2021-7-7

真

记忆迁徙的脚步

沉重却无迹

时光流浪的翅膀

轻盈却有痕

一生的山水　重重叠印

残缺或满盈

只待最后一笔成真

2021-8-20

选择

成功的机遇往往未选择青春
青春的选择恰恰没留给机遇

我望着暮云想起晨霞
同样的热语燃烧出不同的诗意

一些沉重做了此章的初行
想把华丽些的词藻留给结局

可我并没有更好的字选
因为一生都没有认真积蓄

那些忠告都是耳熟的真理
只是青涩的目光参不透风雨

当我走出蹉跎迎向阳光灿烂
暮鼓声声正起了好旋律

如果人生可以做剪辑
我希望倒置这份人生简历

2021-5-29

五辑

季节里的风

青海之行 草原之花 1975 年 8 月

墙

墙，轰然倒塌。

断裂时分，满是哀号逃难的砖。

瞬间，残碎们惊恐地在翻腾的尘埃中寻找落点，

一片狼藉。

散乱的碎砾残渣，

没了生存再计。

原本那浇筑成型的站立，

竟成了一份眷恋。

尽管曾被驱使去遮风挡雨，

尽管曾被置于繁华望尽欢愉，此刻

这悲催的残碎，只能被当作一堆

今天的垃圾。

不知求谁来打造坟墓收拾残局。

始作俑者正偷笑着盘算，

再去哪里

开辟新的营地。

2020-6-27

石头 记忆

我怕过石头

而且很怕

那无忌抛线

  带来的敲打

在手臂印下抹不去的疤

也让石那

  闪亮的幼子

在膝上划出深久的恐吓

后来

知道山是石做的

从此

兔石为敌

因为爱山

石　无忌

2020-8-2

风后

今夜，

风呼啸着拉起我已歇息的思绪，

让我再次惊聆大地沉苍低回的呼吸。

我站在夜的窗口，

听那失智的暴怒，

完成一次比一次更凶猛的抽打，

听那一树树新绿在黑暗中哀哀哭泣。

这是永远无法逃脱的命运，

唯一的抗争，

是等待这摧毁后，

默默地整理自己。

2020-6-2

流星

你穿越夜时

把黑暗贴在我窗前

让绝世一闪

划破我的宁静安然

此后　梦里梦外

无法消匿　你的惊艳

2021-5-28

忘却

如果是风把花蕾剪开，
偷那芬芳的不仅是飘忽的柔软。
如果是雨让润土松动，
嵌入深处的不只是忘情的滋染。

期待，总在明媚的夏天成长，
把一颗颗精美的种子，
小心地送给风雨后，
一切就都变成巧然。

最好的农夫，
懂看天眼。
乖张是疼痛的开始，
又何必哭泣丢失翠色那天。

只要夏日还在，只要
心泉尚清，所有的痕迹
都会成为遗迹，
忘却，是最好的清算。

2020-5-23

滑梯

我想说　时间
　是个滑梯
　　都在抢上
　　　实在拥挤
　　　　请怂恿我的
　　　　　到前边去吧
滑下
　　探奇
　　　　寻底
我远眺风景
宁可夜深时
与黑暗殉情
一起
　游离……

2020-8-23

从没错过

以为醒来错过了春，
不及播撒所有。
错过萌芽，错过花，
错过雨季晶莹的牵挂。

以为草率错过了秋，
未能采摘那成熟。
错过甜豆，错过瓜，
错过归来蜜渍的夜话。

一直叹息的错过，
究竟错过了什么，
我问黯然的丢失，
可做真切回答。

如果撒好种子，
如果摘过豆瓜，
是否还会说，错过了，
错过另一个生涯。

2021-7-14

日记

我仍在纸上走笔，
把扣押我的时间重新审计。

夜空里有名与无名的星，
晨曦中有声与无声的曲，
让时针秒针毫无表情地挑起，
无穷无尽循来往去。

还有，叶子与枝的争吵永远悔于秋后，
下一个主题却依然从句号倒叙。
我撕去以上枯索又不停扼腕的账簿，
出席秋分均衡昼夜的典礼。

昨天，今天，
童年，暮年，
一日速记，
收笔。

2020-9-22

楼窗

站在陌生的眼睛群对面
我渺小而孤独地怯望
那一扇扇在阳光到来前
未及反光的窗
藏匿着　一个个
关于方正的猜想

栉比的格子阴影下
我愈发穷窘
双目与群目对视　直至
那片群光熟透　并以
苍白的灯辉之剑刺向我
我才清醒
我是他们的陌生

我　不属于这里

2020-9-26

根

错综复杂的狂爪

以或明或暗的形态　竭力

潜进土地　做了古老的传言

贯以命霸的树

为求天证

奋力举起了一半雄伟

而将另一半　深深埋藏

这光明中的一半

以繁盛之碧叶

去张扬家族的荣耀

以参天之矫健

去惊爆种子的奇妙

这黑暗的一半

立根　侧根　定与不定之根

是人类的命名

天道在大地结根网时

这鲜活与腐朽

死去亦再生的根界秘笈

绝不与谁说

2020-10-2

楼梯

须上行　亦下行
上来　为了下去
下去　为了上来
上下　都不能决出
高低贵贱
只要不踩空
双赢

2020-8-22

风情街小楼

你在等待什么，
静谧精致的风情街小楼。
你在津门洋场，
顽固地老去。
任由时光针，
严苛地旋转。

可你依然端着年轻的模样，
证明你彼时的倜傥。
你披着英伦风，朗读着你的由来
——自 1902 年……
这个闪回的数字，其实
就是昨天。

你脚下的泥，
在四季的喂养中，
板结　松润
松润　板结。

你踏实的根基，
在风云的变幻里，
固执　下沉

下沉　固执。

只是你的盛装，
穿插在素服群，
扎眼　融合
融合　扎眼。

最鲜亮的世纪午阳，
终于抚热你的冷肩，
你不语。依然
仰面微笑。

或许你早已知道且不再念想
失智失理的主人。
所以乐此不疲地接待着，
早已更迭的家族成员。

我也走入，
新主人开设的禅意时尚，
"净—瑶台"
享受需要预定的午餐。

（漫步天津租界街感思）
2020-10-11

书柜前

宁静中沉掩着喧嚣，
以一息承载千年。
尘封，沧桑岁月在安睡，
开启，时光奔涌起狂澜。

书柜前，我伫立凝视，
许多许多，许多许多……
或疑问，或
答案。

一册册厚厚薄薄的著述，
一炉炉纯纯青青的炼丹。
以字符揭示世上的神符，
用文码破译世道的密电。

远古在绳上结着的语言，
以永远骄傲的声调，
俯向这些精美书册，
道一声早安。

我只有简浅贫乏的句子，
无计在岁月用旧的文字里，
拼一段像样的组合，
去致意用文字打开这个世界的先遣。

我只有沉默……

2020-10-2

风语

你把自己喜欢的字告诉风
它会还你一首诗
可你不慎在心底抽出一丝忧虑
它会传遍全世界

2021−5−21

思想

鸟儿把春天从南方衔到北方
任自由的翅膀选择枝头快乐
树永远在猜想

蜂把夏天酿成甜蜜的巢
时刻疯狂地竞争于花间
花儿永远盲想

菊在秋光中即兴抒情犹唱
托起霜粉潇洒着独出群芳
百卉永远失想

石头用骨子里的坚硬与冬抗衡
尽享索魂的冷酷考量
寒潮永远在揣想

我揉碎了一个个思想
寻找那个髓中的核
可却永远在头痛中痛想

2020-10-3

本真

树
举着颓枝任朔风检验
以一丛扭曲的朽爪
向天空祈求再春那天

叶子
在掳掠中挣扎过
枝没挽留
只以沉默静待新欢

我拾起秋扔下的笔
摘录悲凉
其实
谁也不知道真相与结局

2020-11-11

路灯

依然寂暗无边的夜
站着撑起一伞光明的
遮不住风雨却粲然一笑的
孤独而无怨的路灯

你这夜的伴侣
只与黑暗同行
做了光明的兄弟
且无比忠诚

你不只为眼睛明示什么
更是灵魂的除颤医生
我常用那光柱顶撑心边的胆
时时警觉那些藏匿的行踪

很久以后的现在
我又决定
把这夜的守护神请进心底
因为那里　一直没有晨曦的踪影

2020-11-26

我不会

终要告别的，与这个世界。
但……

我不会留下我，
我愿与云一同飞向缤纷，
落在诗与画间，
那飘逸的夕霞是无忧的彩魂。

我不会丢失我，
我愿与树一同向土地伸根，
如果没有芬芳的花朵，
那鲜活的枝叶将注释不萎的本真。

我不会消尽我，
我愿与星一同陪伴黑暗时分，
即使让阴霾覆没，
那无休的闪烁不失快乐动因。

我不会……不会。

2020-12-7

雨后

不再哭泣
夏日的蓝天

昨夜骤雨　　今晨
有了一个纯净爽朗的画面
就算没有虹
也不失静美悠然
不再报喜
也不再抱怨
一切回到从容恬淡的
素昧平生的完美起点
愿你我收拾好褶皱陈设
用这一晨　　覆盖从前

2021-6-16

听涛

坐在晨里听涛

我努力辨识根音

厚重的七和弦

剔不去叠加在根音上的分贝

一片混然　混然一片

那浪涛拍岸时

狂烈　张扬

呼啸　怒暴

带着既往的不屈不挠

狂涛启程极地

奔跑着奔跑

与太平洋煽退寒流的鸟群

与印度洋逍遥探险的鱼邦

在风的狰狞　雨的鞭笞中

向太阳　碰撞出

一部狂放的总谱

而月亮　在谱上标注了一个

永恒的反复记号

绝不变频的根音

早已校好天下大浪的基本语调

这世上有谁不懂

涛声依旧

只有

只有心潮在偷换声线音高

三亚

2020-12-16

岁月计时

时间在写日记
借一块泊来的流浪石，
蘸着不竭的海水，
精雕细刻着岁月的分秒。

这块千疮百孔的顽石，
承载了亿万次的冲凿，
洞穿无计的朝夕后，
一个真理在深邃中投标。

我读不懂这洞穿的意义，
只想起苍老的典语，
"道可道，非常道"，
非常得让我在时间精篇中潦倒。

2020-12-16

冬至

夏阳之极　至于柔软的快乐
冬阴之极　至于坚实的快乐
南回归线上
最长的梦
盘算起小九九
止珠时
醒眼
流春

冬至
2020-12-21

风来了

怎么听都不像哭，
却透着深深的悲哀。

沉夜利用了寒调，
谁都听得见，
谁都不说。

只有昏鸦真情多嘴，
是～风，是～风，是风！

2021-4-9

照常

昨天，沉重落幕。
天与地合谋，
黑了这个世界。

幽暗，遮掩着梦寐与警醒，
哀伤与喜乐，
死与生……

或者，电闪雷鸣地裂天崩，
雨笞与寒凌，
毁与灭……

太阳，永远站在下一个晨口，
且以一个姿态，
升腾。

三亚
2021-1-2

波澜不惊

就这样淡然

这样无序

这样诚坦

寂寥着

泊在碎石的滩

今晨静谧

潮歌

短

阅

海诗

狂啸曾经

腾起骇浪的酣

孤傲得

那样无羁

那样无畏

又那样无倦

波澜不惊
我在读退潮
流转的新画面

三亚
2021-1-11

醒我

啄醒我沉梦的还是你
从春到秋那声声鸣啭
你韵没变
我聪没减
清呖的一扬一挫
不近不远
窗间浸满岁月之晨的悠然

朔风袭来的那夜
我远离了这里的冷暖
孤晨里
你依然歌着醒晨衷愿
还是那旋律　还在那窗前
你用你生就的响喉
放送同词那段

我

仍醒在那时分

心窗已开

静聆耳线之外的

依然醒我的

无声恒言

2020-1-13

等待

风，又去推睡在寒晨的蔷薇，
失色的枯枝没有醒，
梦却疼。

昨夜寒凉今晨更薄情，
花残叶萎时，
敢问秋风？

所以沉睡所以沉梦，
终是那无悔之情种，
馨散香又生。

蔷薇自有梦，
在这一冬，又
那一冬……

2021-1-25

有否

四时在四围间播了种。
东以萌春，南以生夏，
西以成秋，北以酿冬。

这不过一个完美初设，
让镜头充满戚戚顾盼。
如果这所有的所有都成丰载，
我们还会忧愁，还会失算，
还要在寒夜暗自懊悔，又
久久流连吗？

我向四方投去探问，
只问你可有否，
四时足绩的那年。

2021-5-18

山

山在背后是撑靠，
在面前是障碍，
在头顶是灾难，
在脚下是基石。
如果从没有这种物质，
平滑的世界，岂不突兀得可悲？

2021-4-21

蝉言

咬定太阳的蝉又来了
在这样的丽日　这样的清时
这样一个我结思网的晨间

听任鸟衔不走
风拂不去的一些琐言
把整个世界填充至满

可你
不得不打开窗
接纳这个鲜活的夏天

2021-5-19

季节里的风……

风，依然吹在季节里，无论那是怎样的季节。
吹来了，寒潮的过往里，依然是索骨的冰冷。去剥离枝
干上的残孽，为新生，做一次又一次的清整。让腐朽，
不再占据鲜亮的再生。你来得那样果敢，那样淡定。

风，依然吹在季节里，无论那是怎样的季节。

吹来了，柔韧的阔怀里，依然是绵糯的温情。缠绵着醒
来的初蕾，随春吻，迎来一个又一个觉醒。让笑靥，不
再骤变成燥裂的疼痛。你来得那样轻盈，那样生动。

风，依然吹在季节里，无论那是怎样的季节。

你生性的冷与暖，给了生灵皮鞭与诗，在痛与赞美的往
复中，永不驻足停留。你是匆匆的推促，你是匆匆的毁
亡。你是那种种翘待，你是种种始作俑。
你不属于谁，也不向谁低首倾情。

风，依然吹在季节里，无论那是怎样的季节……

2021-4-1

后 记

　　《银杏树下》是我的第一本现代风格诗集。起自青春，历经爱与人生迷茫，在春风夏雨秋霜寒雪中，感悟天地，逢迎逆顺，一路捡拾着生命旅途中的苦掘与天赐。

　　又很像一个长旅后回家的孩子，打开背囊，倒出兴起时的采集。无论那是些他人眼里的怎样之物，这带着自己手上温度的所得，永远是心爱之最。

　　一生很短，来不及领略喜怒哀乐爱恨忧怨，一切已渐入尾声。谢幕前，我梳理心，清洗笔，让诗行牵出这一生的行迹，而无论那是些怎样的际遇。

　　让我心存感激的是与我此生相遇的，一直以来引领帮助我的所有亲人师长同学战友及友人，我的人生际遇有你们，是我的大幸与快乐。我会永远珍惜珍爱，并努力以我最好的状态、最真挚的心声来回馈。

萧　纬

2021 年 6 月 30 日

图书在版编目（CIP）数据

银杏树下诗歌集 / 萧纬著 . -- 北京：北京燕山出
版社，2021.12
ISBN 978-7-5402-6255-6

Ⅰ . ①银… Ⅱ . ①萧… Ⅲ . ①诗集－中国－当代
Ⅳ . ① I227

中国版本图书馆 CIP 数据核字 (2021) 第 232919 号

银杏树下诗歌集

作　　者：萧　纬
责任编辑：王月佳　赵　琼
出版发行：北京燕山出版社有限公司
社　　址：北京市丰台区东铁匠营苇子坑 138 号 C 座
邮　　编：100079
电话传真：86-10-65240430（总编室）
印　　刷：北京科信印刷有限公司
开　　本：787mm×1092mm　　1/32
字　　数：101 千字
印　　张：6.5
版　　次：2021 年 12 月第 1 版
印　　次：2021 年 12 月第 1 次印刷
书　　号：ISBN 978-7-5402-6255-6
定　　价：38.00 元